O Diário Secreto
da Ellie

Ellie's ~~My~~ Secret Diary

Henriette Barkow & Sarah Garson

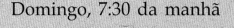

Domingo, 7:30 da manhã

Querido Diário,

Ontem à noite tive um pesadelo.
Estava a correr ... corria muito. Andava um tigre
enorme atrás de mim. Eu corria o mais rápido que
podia mas não conseguia despistá-lo. Ele estava
quase a apanhar-me mas ... de repente, acordei.
Agarrei-me à Flo com muita força. Faz-me sentir
segura - ela sabe sempre o que é que se está a passar.
Posso confiar sempre nela.
Continuo a ter pesadelos. Antes não era assim.
Antes tinha montes de amigos - como a Sara e a Jenny.
A Sara perguntou-me se queria ir com ela ver
montras mas eu ...
A escola é um verdadeiro INFERNO desde que
ELA chegou. Eu odeio-a, ODEIO-A!!!

Dear Diary

Had a bad dream last night.
I was running ... and running.
There was this huge
tiger chasing me.
I was running faster and faster but
I couldn't get away.
It was getting closer and then ...
I woke up.

I held Flo in my arms. She makes me feel safe
- she knows what's going on. I can tell her.

Keep having bad dreams.
Didn't used to be like that.
I used to have loads of friends – like Sara and Jenny.
Sara asked me to go to the shops but ...

School's been HELL
since SHE came.

I hate hate
HATE her!!!!

Sunday evening 20.15

Dear Diary

Went to Grandad's.
Lucy came and we climbed the big tree.
We played pirates.
School 2morrow.
Don't think I can face it.
Go to school and
see HER!

SHE'll be waiting. I KNOW she will.

Even when she isn't there I'm scared
she'll come round a corner.
Or hide in the toilets like a bad smell.
Teachers never check what's going
on in there!

If _ONLY_ I didn't have to go.

Flo thinks I'll be ok.

Querido Diário

Fui a casa do avô. Estava também a Lucy e
subimos a uma árvore muito grande. Brincámos
aos piratas.
Amanhã é dia de escola. Não sei se vou ser capaz.
Ir à escola e VÊ-LA.
ELA vai estar à minha espera. EU SEI que vai.
Mesmo se ela não estiver lá eu vou ter medo de
que ela apareça de repente, ao dobrar da esquina.
Ou que então se esconda na casa de banho como
um mau cheiro. Os professores nunca lá
vão ver o que é que por lá acontece.

Se eu ao menos <u>NÃO</u>
tivesse que ir.
A Flo acha que vai
correr tudo bem.

Voltei a ter o mesmo pesadelo.

Mas, desta vez era ELA que vinha atrás de mim. Eu tentava fugir mas ela estava cada vez mais perto e ia quase a tocar-me com a mão no ombro e... acordei.

Sentia-me mal mas obriguei-me a mim mesma a tomar o pequeno-almoço para a mamã não notar nada de estranho.

Não posso contar nada à mãe - só ia piorar as coisas.

Não posso contar nada a ninguém.

Vão pensar que sou medricas
e eu não sou.
É aquela rapariga e as coisas
que ELA me faz.

Monday morning 7.05

I had that dream again.
Only this time it was HER who was chasing
me. I was trying to run away but she kept
getting closer and her hand was just on my
shoulder ... then I woke up.

I feel sick but I made myself eat
breakfast, so mum won't
think anything's up.
Can't tell mum – it'll just
make it worse.
Can't tell anyone.
They'll think I'm soft
and I'm not.
It's just that girl
and what SHE does to me.

Monday evening 20.30

Dear D

SHE was there. Waiting.
Just round the corner from school where nobody could
see her. SHE grabbed my arm and twisted it behind
my back.
Said if I gave her money she wouldn't hit me.
I gave her what I had. I didn't want to be hit.
"I'll get you tomorrow!" SHE said and pushed me over
before she walked off.
It hurt like hell. She ripped my favourite trousers!

Told mum I fell over. She sewed them up.
I feel like telling Sara or Jenny but they
won't understand!!

Glad I've got you and
Flo to talk to.

Segunda-feira à noite, 20:30

Querido D.

ELA estava lá. À espera.

Ao virar da esquina, ao sair da escola, onde
ninguém a podia ver. AGARROU-ME no braço e
prendeu-mo atrás das costas. Disse-me que se lhe
dava o dinheiro que tinha não me batia. Dei-lhe
tudo o que tinha. Não queria que ela me batesse.
"Amanhã já te apanho!" disse ELA,
e empurrou-me antes de se ir
embora. Doeu-me muito e
rasgou-me as minhas calças
preferidas.
Disse à mãe que tinha caído
e ela coseu-as.
Tenho vontade de contar
à Sara ou à Jenny,
mas elas
não vão perceber!

Que bom poder
falar contigo, meu
querido Diário,
e com a Flo.

Terça-feira, 7:30 da manhã

Ontem à noite não consegui dormir.
Fiquei para ali deitada. Estava assustada
demais para conseguir dormir. Tinha medo
de voltar a ter aquele pesadelo outra vez.
ELA vai lá estar à minha espera outra vez.

Porque é que ela se mete sempre COMIGO?
Nunca lhe fiz mal nenhum. Devo ter acabado
por adormecer, porque quando me apercebi
já a mãe me estava a acordar.

Não consegui tomar o
pequeno-almoço.
Dei-o ao Sam, para a mãe
não desconfiar de nada.

12

Couldn't sleep last night.
Just lay there. Too scared to go to sleep.
Too scared I'd have that dream again.
SHE'll be waiting for me. Why does she always
pick on ME? I haven't done anything to her.
Must have dropped off, cos next thing
mum was waking me.

9

3

6

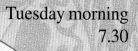

Couldn't eat breakfast.
Gave it to Sam so mum wouldn't notice.

Terça-feira ao fim da tarde, 20:00

ELA seguiu-me desde a
escola - lá vinha ela,
enorme e brigona.
PUXOU-ME o cabelo.
Queria gritar mas não lhe
podia dar esse prazer.

"Tens o meu dinheiro?" ELA bufou.
Abanou-me a cabeça. "Fico com isto ...", rosnou,
e tirou-me o saco da ginástica, "... até me dares
o que eu quero."
Como eu gostava de lhe dar, lá isso sim!
Um sopapo naquela cara gorda era o que eu
lhe dava!
O que é que hei-de fazer? Não lhe posso bater
porque ela é muito maior do que eu.

Não posso pedir dinheiro nem à mãe nem ao pai,
porque eles vão querer saber para quê.

Tuesday evening 20.00

SHE followed me out of school – all big and ~~tuff~~ tough.
SHE pulled my hair. Wanted to scream but I didn't want
to give her the satisfaction.
"You got my money?" SHE spat at me.
Shook my head. "I'll have this," SHE snarled, snatching
my PE bag, "til you give it to me."
I'd love to give it to her! Feel like punching her fat face!
What can I do? I can't hit her cos she's bigger than me.

I can't ask mum
or dad for the money
cos they'll want to
know what it's for.

Diário, fiz uma maldade.

Uma grande maldade!

Se a mamã descobre não sei o que é que vai acontecer! Mas de certeza que vou ter problemas - disso tenho a certeza.

Ontem à noite vi a carteira da mãe em cima da mesa. Como estava sozinha, tirei de lá £5.

Devolvo-as assim que puder.
Vou juntar as minhas semanadas.
Vou tentar ganhar algum dinheiro.

Espero que a mamã não dê por nada.
Vai ficar furiosa!

Diary, I've done something bad.

Really bad!

If mum finds out I don't know what she'll do.
But I'll be in big trouble - for sure.

Last night I saw mum's purse on the table.
I was on my own and so I took £5.

← flo

I'll put it back as soon as I can.
I'll save my pocket money.
I'll try and earn some money.

Hope mum doesn't miss it.

She'll go mad!

Este foi o pior dia da minha vida!

1º - Levei uma falta porque não tinha as coisas da ginástica.

2º- Não fiz os trabalhos de casa.

3º - ELA estava ao lado do portão - à espera. Torceu-me o braço e tirou-me o dinheiro. Depois, deitou-me o saco para o chão e ficou todo sujo de lama.

4º - ELA quer mais.

Eu não tenho mais dinheiro ...

Já roubei a mamã.

Não sei o que fazer.

Quem me dera nunca ter nascido!

Wednesday evening 19.47

This has been the worst day of my life!!

1st - got told off cos I didn't have my PE things.
2nd - hadn't done my homework.
3rd - SHE was by the side gate - waiting.
She twisted my arm and took the money.
Threw my bag in the mud.
4th - SHE wants more.
I can't get more ...
I've already stolen from mum.
I don't know what to do.

Wish I'd never been born!!

Nem quero acreditar!
A mamã descobriu!

Queria saber se alguém viu a sua nota de £5.
Respondemos todos que não.
O que é que eu lhe ia dizer?

Não me sinto bem, nada bem. Detesto mentir.
A mamã disse-me que me ia levar à escola. Pelo
menos estarei livre de perigo até voltar para casa.

I can't believe it.
Mum's found out!!

She wanted to know if anybody
had seen her £5 note.
We all said no.
What else could I say?

I feel bad, really bad. I hate lying.
Mum said she's taking me to school.
At least I'll be safe til home time.

Thursday evening 18.30

On the way to school mum asked me if I took
the money.
She looked so sad.
I had thought of lying but seeing her face
I just couldn't.
I said yes and like a stupid idiot burst into tears.

Mum asked why?
And I told her about the girl and what she'd been
doing to me. I told her how scared I was.
I couldn't stop crying.
Mum held me and hugged me.

When I'd calmed down, she asked,
if there was anyone at school
I could talk to?
I shook my head.
She asked if I would
like her to talk to
my teacher.

Quinta-feira à tarde, 18:30

A caminho da escola, perguntou-me se eu lhe tinha
tirado o dinheiro. Olhou-me com um ar muito
triste. Ainda pensei em mentir-lhe mas ao ver
aquela cara não fui capaz. Disse-lhe que sim e,
como uma tontinha, comecei a chorar.

A mamã perguntou-me porquê.
E eu falei-lhe desta rapariga e do que ela me faz.
Disse-lhe que tinha muito medo.
Eu não conseguia parar de chorar.
A mamã abraçou-me.

Quando já estava mais calma,
ela perguntou-me se havia alguém
na escola com quem eu podia falar.
Fiz-lhe não com a cabeça.
Ela perguntou-me se eu queria que
ela falasse com a minha professora.

Friday morning 6.35

Dearest Diary

Still woke up real early but

I DIDN'T HAVE THAT DREAM!!

I feel a bit strange. Know she won't be in school - they suspended her for a week. What if she's outside?

My teacher said she did it to others - to Jess and Paul.

I thought she'd only picked on me.
But what happens if she's there?

Sexta-feira, 6:35 da manhã

Meu querido Diário,

Acordei à mesma muito cedo,

MAS JÁ NÃO TIVE AQUELE SONHO
HORRÍVEL!!!

Sinto-me um bocado estranha. Sei que ela
não vai estar lá na escola - foi suspensa
por uma semana. E se ela estiver à minha
espera à saída?

A minha professora contou-me que ela
fez o mesmo a outros meninos - à Jess e
ao Paul.

Eu pensava que ela só se metia comigo.
Mas, e se ela lá estiver?

Sexta-feira à noite, 20:45

Ela não estava lá!

Falei com uma senhora muito simpática que me disse que podia falar com ela quando quisesse. Disse-me que quando alguém nos ameaça devemos contar logo a alguém.

Eu contei à Sara e à Jenny. A Sara disse-me que lhe tinha acontecido o mesmo na escola onde tinha estado antes. Não lhe roubavam dinheiro, mas havia este rapaz que nunca parava de embirrar com ela.

Agora vamos estar sempre com mais atenção para ver se mais ninguém é ameaçado. Pode ser que assim corra tudo bem.

Quando cheguei, a mamã tinha-me preparado a minha comida preferida.

Friday evening 20.45

She really wasn't there!!!
I had a talk with a nice lady who said I could talk to
her at any time. She said that if anyone is bullying
you, you should try and tell somebody.
I told Sara and Jenny. Sara said it had happened to
her at her last school. Not the money bit but this boy
kept picking on her.

We're all going to look after each other at school so
that nobody else will get bullied. Maybe it'll be ok.
When I got home mum made my favourite dinner.

Sábado, 8:50 da manhã

Querido Diário,
Hoje não há escola!   Não tive pesadelos!
Encontrei na Internet uma série de coisas sobre
rufiões e ameaças. Pensava que era uma coisa rara,
mas acontece muitas vezes. Até mesmo aos mais
crescidos e aos peixes.
Sabias que os peixes podem morrer de stress por
serem ameaçados e perseguidos?

Há uma série de linhas telefónicas de ajuda - para
as pessoas, mas para os peixes não!!

Se eu soubesse!

Saturday morning 8.50

Dear Diary
      No school!!   No bad dreams!!
Had a look on the net and there was loads about
bullying. I didn't think that it happened often but
it happens all the time! Even to grown-ups and
fishes. Did you know that fishes can die from the
stress of being bullied?
There are all kinds of helplines
and stuff like that
- for people, not fishes!!

I wish I'd known!

Sábado à noite, 21:05

O papá levou-me a mim e ao Sam ao cinema.
Foi muito divertido. Rimo-nos tanto.
Sam queria saber porque é que eu nunca lhe
conto nada.
"Tinha-lhe partido a cara!" disse-me ele.
"Pois, mas assim tu ias ser tão rufia como ela!"
respondi-lhe.

Dad took me and Sam to see a film. It was really funny.
We had such a laugh.
Sam wanted to know why I never told him about what
was going on.
"I would have smashed her face!" he said.
"That would just have made you a bully too!" I told him.

What Ellie found out about bullying:

If you are bullied by anyone in any way IT IS NOT YOUR FAULT!
NOBODY DESERVES TO BE BULLIED!
NOBODY ASKS TO BE BULLIED!

There are many ways in which somebody can be bullied.
Can you name the ways in which Ellie was bullied?
Here is a list of some of the ways children are bullied:
  - being teased
  - being called names
  - getting abusive messages on your mobile phone
  - getting hate mail either on email or by letter
  - being ignored or left out
  - having rumours or lies spread about you
  - being pushed, kicked, shoved or pulled about
  - being hit or punched or hurt physically in any way
  - having your bag or other belongings taken and thrown about
  - being forced to hand over money or your belongings
  - being attacked because of your race, religion or the way you speak or dress

Ellie found that it helped to keep a diary of what was happening to her.
It's a way of keeping a record of dates and times when things occurred.
It's also a way of not bottling everything up. It is important that you try
and tell somebody what is going on.
Maybe you could try talking to a friend who you trust.
Maybe you could try talking to your mum or dad, sister or brother.
Maybe there is a teacher at school who you feel comfortable talking to.
Most schools have an anti-bullying policy and may have somebody
(like the kind lady Ellie mentions in her diary) to talk to.

Here are some of the helplines
and websites that Ellie found:

Helplines:

  CHILDLINE 0800 1111

  KIDSCAPE 020 7730 3300

  NSPCC 0808 800 5000

Websites:

In the UK:

www.bbc.co.uk/schools/bullying

www.bullying.co.uk

www.childline.org.uk

www.dfes.gov.uk/bullying

www.kidscape.org.uk/info

In Australia & New Zealand:

www.kidshelp.com.au

www.bullyingnoway.com.au

ww.nobully.org.nz

In the USA & Canada:

www.bullying.org

www.pta.org/bullying

www.stopbullyingnow.com

If you want to read more about bullying there are many excellent books
so just check your library or any good bookshop.

Books in the *Diary Series*:
Bereavement
Bullying
Divorce
Migration

A CIP catalogue record for this book is available
from the British Library

First published 2004 by Mantra Lingua
Global House, 303 Ballards Lane
London N12 8NP
www.mantralingua.com